쌍봉낙타의 꿈

눈감은 사진

박섭민

사진 속 나는 늘
눈감은 채 웃고 있다
고사상에 눈감은 돼지의 웃음처럼
전생에 놀다간 세상 흐릿하게 인화된다

새들이 찰칵찰칵
셔터소리로 날아가던
너 떠난 그날에도 벽에 기대 눈감았다
세상의 빛들 앞에서 시력 잃은 눈물들

| 한국대표정형시선 016 |

쌍봉낙타의 꿈

박성민 시집

고요아침

■ 시인의 말

"어느 정도 깊이 괴로워하느냐,
얼마만큼 고뇌할 수 있느냐가
거의 인간의 위치를 결정한다."고
니체가 말했던가.
나는 고뇌하려면 아직 멀었다.
밤거리의 어둠이 모래알처럼
눈꺼풀을 비집고 들어온다.
산다는 것은 여전히 사막이다.

2011년 8월
박성민

■ 차례

제2부 직선은 원을 살해하였는가

제4부 등대의 시력

1부

구두의 내부

구두의 내부

― 동행

절름발이 여자가
벙어리 사내에게
눈빛으로 손가락으로 말들을 꿰매고 있다
아파트 모서리에 놓인 초원 구두 수선점

사내는 구두를 받자
닳은 뒷굽을 떼어낸다
초원 끝에서 들려오는 말갈족의 말굽소리
사내는 구름 속에 들어가 지평선을 깁고 있다

벙어리의 저린 가슴을
헤집고 나온 말의 뿌리
한 번도 사랑한단 말, 못 해주고 살아온
사내의 착한 눈망울은 디딜 곳 없는 허공이다

못처럼 박혀드는 널
남겨두곤 죽을 수 없다

마른 입술 축이는 사내의 눈이 들어가는
구두의 닳아진 내부는 저녁처럼 어두워진다

한 평 반의 수선점은
낡고도 비좁은데
어둠이 막 깔리기 시작하는 저녁하늘에
사내는 성긴 별들을 총총히 박아 놓는다

뼈

— 폼페이 최후의 날, 화산재 속에서
서로 부둥켜안은 남녀의 유골이 발견되었다.

사무치던 것들은 여기 남아 뼈가 되었다
입 속의 혀가 썩고 눈알마저 사라질 때
뼈만이 쓸쓸했던 시간을 단단하게 움켜쥔다

아직도 펴지지 않는 묵묵부답의 시간들
새장 같은 갈비뼈 속에 타는 심장 가두어둔
뼈들은 껴안은 마디마디 풀지 않고 앉아있다

일찍이 뼈 밖으로 나온 시간들은 모두 썩었다
무릎 위에 턱을 괴던 생각마저 저려올 때
움푹 팬 눈동자 속에 너를 깊이 당겨본다

수식의 봄날은 가고 뼈뿐인 가을이면
차디찬 바람결에 껴안은 손 풀지 않는다
몇 천 년 화석으로 남은 저 단단한 사랑을 보라

천장*

산 중턱에 나를 놓고 피리 부는 라마승들
칼금 지난 세상엔 지평선이 생겨나고
노을의 핏물이 뚝뚝
배어나는 저녁이다

한 번도 보지 못했던 내 등뼈가 보인다
너를 오래 바라보던 눈알들이 쏟아질 때
가렵다 눈을 비비던
습관이 아직 남았나

허공을 쥔 바람들이 인골피리 소릴 낸다
여기저기 달라붙고 흩뿌려진 내 몸을
까마귀 독수리들아
하나도 놓치지 마라

나는 썩지 않는다 사라지지 않는다
흩날리는 연기가 저녁밥을 짓는다

바람이 읽는 불경에
향냄새가 배어난다

* 천장(天葬) : 시체를 새에 맡기는 장례법. 육체가 새에 의해 하
늘로 운반된다는 인식에서 행해짐. 조장(鳥葬)이라고도 함.

허균許筠

때늦은 여름밤에 그대 마음 읽는다

지금도 하늘에선 칼 씌워 잠그는 소리

보름달 사약 사발로 떠 먹구름을 삼켰다

어탁魚拓처럼 비릿한 실록의 밤마다

먹물로 번져가는 모반의 꿈 잠재우면

뒷산의 멧새소리만 여러 날을 울고 갔다

화전민 火田民

가을날 낡아버린 나
화전민이 되어간다
불 탄 자리 재 날리면 흙 향기에 코 묻고
그대의 세 끼 고봉밥 메밀과 조 심고 싶다

이랑과 고랑 같은
헤어짐을 다독이며
관솔불 흩날리는 연기 보며 눈물 흘리고
세월이 떠나는 소리 귀 닫고 듣지 않겠다

너와 살던 너와집
나무 잘라 지붕 잇고
우리보다 늙어버린 천둥설을 믿어가며
별들의 헐렁한 단추 여며주며 살고 싶다

이순신 입원하다

노숙의
밤은 차다
동상 걸린 동상 하나
나라 걱정 너무 했나, 트레인에 실려가서
갑옷도 벗기지 않고 링거바늘 꽂는다

장군, 장군,
급한 소리
고개 돌려 바라보니
병실 안에 노인 둘이 장기를 두고 있어
한산도 담배 심부름 시킬 사람 한 명 없다

화포 같은 전등불이
터질까 두려워서
난중일기 필체처럼 꼿꼿하게 잠 못 들고
한강에 쪼그려 앉아 거북선을 방생한다

* 서울시는 2010년 11월 13일부터 약 40일간 광화문광장에
있는 이순신 장군 동상에 대대적인 보수작업을 했다.

왕새우 소금구이

왕이시여, 피하소서, 당나라군이 성 안에……

놓아라, 이놈들아. 짐을 어디로 데려가느냐. 내 친히 갑옷 입고 눈알 부라리며 출정하면 드넓은 바다가 모두 왕국의 영토였느니, 쏘가리의 충언을 물리친 탓이로다. 고얀 놈들 감히 용포 위에 소금을 뿌리다니. 불판에 놓일지라도 난 눌어붙지 않을 테다. 死공명이 生중달을 쫓듯 끝끝내 네 놈들을.

들어라! 너희 왕은 자결했다, 살고 싶거든 드러누워라.

이녁

이 사람
잘 살았는가
죽지 않고 살았는가
입가의 수염처럼
무장무장 그리운 날
무릎에 가닿은 한숨을
이녁은 아는가

휘돌아간
철길 위에
생가슴이 터진 꽃들
기차의 지친 울음
받아내던 낡은 침목
이녁은 또 덜컹거리며
내 무엇을 흔드는가

신춘 심사평

다음의 네 사람이 최종심에 올랐다

노숙자의 현실성은 벼랑 끝이 만져지나 바닥에 누운 서정이 딱딱한 게 흠이었고, 강바람의 운율은 풋풋하고 시원한데 피가 도는 바람의 내력을 그려내지 못했다 민들레의 시상은 허공에 뿌리를 두나 유목의 족보들을 들춰내지 못했다 구제역의 발굽 닳은 시간들은 감동이었다 눈물 그렁한 큰 눈을 보며 심사자는 망설였다 비명이 허공을 받들 때 남는 건 한숨인데, 구제역의 서정성이 외양간을 넘길 바라며…….

올해는 당선작 없음, 심사위원 나들이

알타이 신화

— 자네는 자네의 머언 조상일세 : 이상(李箱)

말갈기 같은 바람 불면 흩날리는 눈보라
겨울산은 시퍼런 힘줄 툭툭툭 불거지고
창날로 몸을 세우는 청동기의 침엽수림

해를 따라 산록을 따라 동으로 동으로
빗살무늬 토기로 알몸 빚는 아침 해
햇살들, 저 한밝뫼太白山이 바로 우리 땅이다

고구려의 무용총과 백제의 마애삼존
아사달과 아사녀 신라 천 년 이야기들
말발굽 지나는 곳마다 흙먼지 날리는 땅

우리 말은 모두 천리마, 송화강 줄기 따라
요녕성과 하얼빈까지 밤새워 달릴 수 있네
강물에 칼날을 씻어 푸르댕댕 빛난다네

사도세자에게

그대는 뒤주 속의 그리움을 알았을까
꽉 깨문 이빨 사이로 빠져나간 신음소리
한숨이 젖은 속눈썹 영혼을 적시던 밤

혼자서 지켜내는 사랑은 얼마큼인가
무릎 꿇고 고개 숙여 속죄하던 마음들이
눈 내린 종묘의 뜰에 섬돌로 차디차다

시간의 냇물소리 나직이 듣는 밤에
뒤주 속 갇힌 소리 구중궁궐 적막하고
고독한 실록의 밤에 풍경조차 숨죽인다

반달가슴곰

하늘에서 숲으로 이주해온 반달 하나
내 심장 부근에 떨면서 숨어들었다
오늘도 내가 한 일은 그림자를 늘인 것뿐

나는 장강21* 동굴 속의 허기다
차가 휙휙 지나가는 길 건너 덕유산에
올무로 덮치는 불안이 먹구름에 깔린다

우듬지 끝에서 그믐달이 뜨던 밤엔
나무를 버티고 서서 힘겨루기 하던 내가
인간의 마을로 가는 겨울잠은 아늑하다

* 장강21 : 멸종희귀동물인 반달가슴곰. 북한산(北韓産)으로
지리산에 방사되었으나 올무에 의해 희생된 세 마리째 반달
가슴곰.

혀가 둥그렇게 말릴 때

압정으로 누른 매가
창공에 박혀 있다
바람에 웅크린 채
온몸에 힘 불어넣고
ㅊ ㅊ ㅊ 자음만으로 날개 접고 꽂힌다

가야금 줄 튕겨내는
길고 둥근 손가락
머금은 소리마저
입 밖에 나오지 않고
푸드득 몸서리치는 깃털, 빛나는 사금파리

잘려나간 손톱 같은
송골매의 부리가
어디론가 숨어 버린
한낮의 마당가
핏줄만 말랑한 공기 속에 부풀어 오른다

혁명은 비로 연기되었다

깃발을 꽂았으나
혁명은 외로웠다

무서운 저녁이면
방아쇠 당기는 바람

노을이 단두대처럼
핏방울을 떨군다

옥탑방 팬티 한 장
구름 뒤의 빗방울

빛바랜 사진첩에
애인처럼 몰래 온 비

창문을 흔드는 바람
깃발들을 거둔다

폐교에서

기다림이 무성한 잡초를 기른다
휘파람 불던 잔돌들 작은 입을 다물고
촉 나간 알전구만이 흐린 눈빛 누워있다

양초 칠한 복도처럼 미끈거리는 추억들
웅크린 벽돌들이 노을 아래 손을 쬐면
달빛이 양은 도시락 속 계란으로 떠오른다

그대 사는 인가엔 먼 등불 깜빡이고
못처럼 녹슨 나는 그리움에 박힌 채로
오늘은 낡아가는 사랑이 쓸쓸함을 배운다

하나씩 잊혀질 때 눈이 더 침침해지는
별들이 습자지 속 글씨로 쏟아지면
구멍 난 신발주머니만 낡은 길을 담아본다

2부

직선은 원을 살해하였는가

외로운 날의 창세기

1

태초에 내가 있어

슬픔을 창조하니라

박통은 전통을 낳고

전통은 노통을 낳고

대낮은

저녁에게 말하라

어두워지라 더욱더

2

읽지 못한 행간을

더듬더듬 보지 말라

아들은 아버질 낳고

아버지는 할아버질 낳고

이제 난

출가외인이다

담장 너머 골목이다

마늘

봄비에 비닐 뚫고 파룻파룻 돋았구나

마른 입술 뿌드득, 빛나는 이빨 물고

이렇게 살아 있음이 부끄러운 날 많았다

갈수록 가슴 알알이 깨지는 속병이여

독한 것, 눈물의 씨앗마저도 독한 것

깔수록 자꾸 눈물 나는 미안한 80년대여

이소룡처럼 울다

1

꼬끼요! 콧등을 엄지로 스쳐주고
사이드 스텝을 밟는 나는야 브루스 리
고함이 비명 같은 건 사실 두렵기 때문이지

2

세상에 고함지르는 닭을 본 적 있는가

닭울음은 누군가를 겁주려는 게 아니다 아까부
터 앞에 버티고 선 저 녀석이 두려워서야 밤마다
켜지는 입간판에도 깃털 세우고 골목길의 휘어지
는 불안에도 몸을 떨었어 저길 봐, 닭장차가 달려
오고 있잖아 안부도 묻기 전에 트럭에 가득 실려
금남로에 깃털 떨구고 사라져간 친구들, 한때는 목
청 높여 퍼덕이던 닭들도 이제는 횃대에 앉아 벼슬
을 으스대지. 영사기 툴툴툴 공짜로 돌아가듯 사망

유희 같은 봄날도 다 지나가 버렸어. 눈부시게 환한 어둠, 암전된 스크린엔 종영을 알리는 자막이 오르고

세상은 닭 눈물처럼 순식간에 말라붙었지

성형시대

이마 위 주름살 같은
전깃줄이 걷어진다

불도저는 달동네를
거침없이 밀어대고

보톡스 맞은 햇살이
아침부터 탱탱하다

찢어서 꿰맨 얼굴
뼈까지 깎이는 집

창틀의 멱살을 잡고
흔드는 포클레인

콧날이 오똑한 바람
거주지를 옮긴다

금남로錦南路에서 묻다

깡마른 사내가
침 흘리는 개 끌고 간다
바둥대는 발톱 자국
빈 마당에 남겨두고
마지막 울음소리마저
빈 개집에 끊어놓았다

깎다가 튀어나간
손톱 같은 비명소리
불안하게 휘청휘청
서있는 나무 위로
두 귀가 쫑긋한 뒷산
낮달 보며 짖는다

깡통은 유통기한보다 먼저 죽을 수 없다

너만 한 덩치면
씨름선수 했어야지
어깨를 들이밀어도 단단한 상체 근육
허리에 샅바 걸치기 안성맞춤인 몸뚱이구나

하체마저 발달된 근육
안다리걸기 힘들겠다
발 걸어도 넘어지지 않는
단단한 배 속에는
헬로우, 기브 미 캔이 차곡차곡 쌓여있다

차렷! 열중 쉬어!
너를 보면 경례하고 싶다
날 세워 다려놓은 교관의 군복 같구나
포탄에 검게 탄 나무들, 바코드로 서 있는 너

언제부턴가
너에게선 화약 냄새 자꾸 난다

네 몸에 찍혀있는 죽음의 일련번호
서글픈 지느러미들이 가득 담겨 놓여있다

죽어서도 싱싱한가
참치와 햄 통조림
먹기 좋게 밀봉되어 식민지로 진열된 너
가만히 안전핀 뽑아 던져버리고 싶다

개가 짖는 이유

사실은 개구멍을 개가 판 게 아니다

개는 또 억울하다 소문이 두려워서 방금 싼 똥도 수상해 냄새를 맡아본다 개들은 인간에게 물린 적이 아주 많다 배추밭을 뒤엎는 가을 들판 바라보며 엎어진 개밥그릇 같은 공약에 컹컹 짖는다 앞발을 모으고 두 귀를 쫑긋 세운 개들의 내부에는 울부짖음만 진화한다

축축한 개의 눈을 보라, 늘 눈곱이 끼어 있다

전라도 심청

아버지 눈 수술에
내 눈을 감는다

옷고름 푸는 손길
여기 용궁 룸살롱

멀리서
개 짖는 소리
웃음 파는 인당수

지구본이 기울어진 이유

지구를 둘로 나누면 너의 식탁과 베란다

그러니까 정확히 정수리부터 가르면 네 왼쪽과
오른쪽 얼굴은 평등하지가 않다 너의 볼은 오른쪽
이 더 살쪘고 눈도 오른쪽이 더 크다 고뇌하는 방
향으로 네 머리는 기울어졌고, 통증부위도 그림이
거나 스크린 속 장면이다 풍성한 식탁보를 살짝만
잡아당기면, 열대 원시림의 나무가 보이고 소말리
아가 보이고 에티오피아가 보이지만, 네 식탁은 오
늘도 꽃병으로 눌려있다 너는 늘 시소에 앉아 건너
편을 바라본다 건너편의 시소엔 아무 것 없어 가볍
다 그래도 가장 높이 솟은 건 교회의 첨탑이고 그
첨탑엔 피뢰침이 놓여있다 그 피뢰침 아래서 넌 기
도하고 참회한다

지구가 기울지 않았다면 다 쏟아졌을 것이다

미래일보

오늘부터 당신은 생각하지 않습니다
초식공룡 몸집처럼 뇌는 자꾸 작아져서
욕조에 머리 내밀고 콧노래를 부르지요

당신은 이제부터 결혼하지 않습니다
인종과 취향대로 버튼만 누르시고
복제된 아이돌스타를 사용하다 버리세요

당신의 아이에겐 공부가 필요 없죠
기억 칩을 두뇌 속에 장착해 주십시오
가끔씩 업데이트만 해주시면 됩니다

당신은 이제 영영 죽지도 않습니다
사랑하는 사람들과 헤어지지 않으니
눈물이 필요할 때는 이 캡슐을 쓰세요

동물의 왕국

1. 들쥐의 식성

청계천엔 쥐 대신 바람이 들락거린다
숱하게 깎아 놓은 사람들의 뒤통수
때로는 지하벙커에서 쥐죽은 듯 웅크린다

가끔은 새우깡에 변사체로 발견되고
월급봉투 속에서 쥐꼬리만 드러난다
식욕은 그를 죽이고 불안만이 남는다

2. 악어의 눈물

하품을 할 때마다 눈물샘이 자극된다
찢어먹은 새끼 누의 속눈썹을 생각하며
허공을 후려치다가 드러누워 참회한다

참을 수 없는 것은 아마존의 물살이다
허리를 휘어감고 입을 쩌억 벌리다가
눈물이 흔한 여자의 핸드백에 매달린다

   3. 하이에나의 웃음

키키킥 웃음에 방심하면 안 된다
웃음 뒤에 노려보는 뒷덜미를 조심하라
소문을 질질 끌고 와 킥킥대며 삼킨다

새끼들 앞에서만 먹이를 토해놓지
비릿한 핏방울과 식욕이 교배하면
웃음이 실처럼 풀려 너의 목을 조이리라

직선은 원을 살해하였는가?*

묶인 개 한 마리
거품 물며 원 그린다
마당에 발톱 새긴
몸부림의 시간들
팽팽한 직선의 쇠줄이
개의 목을 죄어온다

빈 밥그릇 팽개치고
물어뜯은 바람의 뼈
빙빙 돌다 개줄로
자기 목을 감는다
개집엔 구부러진 못
단단하게 박혀있다

* 이상(李箱)의 시 「이상한 가역반응」 중에서.

길 위의 집

세월의 허벅지엔 늘 가려운 상처가 있다
주정뱅이 불빛들은 밤이 되면 흔들리고
오늘은 더 추워졌다 참이슬도 쓰러진다

지하도나 대합실 구석마다 우리는
못처럼 박혀서 아침까지 녹슬어간다
오늘자 신문지 한 장이 몸뚱이를 덮는다

추워서 구부러진 담배꽁초 허리 세우고
가슴 속 깊이 빨면 길 위의 집이 된다
눈 뜨면 젖은 눈망울이 커튼 되어 열리는 집

희고 작은 내 주먹아 창문은 어디 있나
밤마다 벌떡 일어나 몇 번이고 묻는 말에
한 번도 거만한 어둠은 답해주지 않았다

새벽까지 뜬 별들은 잠 못 이룬 것들 뿐
두 손 모은 기도는 가랑이로 모아지고
아침엔 집중사격 같은 햇살만 눈부시다

봄날의 왕림

하늘에 계신 아버지
곤돌라 타고 오시네
이사하며 짐 진 자들아
다 내게로 오너라
아버지 등 뒤로 뜨는 해,
후광처럼 빛나네

15층에 계신 아버지
밧줄 타고 내려오시네
절름발이 의자를
종이 받쳐 걷게 하시고
일용할 밥그릇 하나
가만 내려 놓으시네

반지하 단칸방은
실직의 금간 창틀
한숨 소리도 거룩하게
여김을 받으시며

그 뜻이 15층에서처럼

땅에서도 이뤄지이다

원고지

내가 사는 감옥은
한 평 반의 독실

벽에는 살다간 이들
눈물이 얼룩진 방

쓰러져 뒹구는 소주병과
고개 꺾인 담배꽁초

옆방에도 윗방에도
그리고 아랫방에도

벽이 무너져라 우는
울음소리 들려왔다

노을과 저녁 바람만
소인 유효로 남은 창

3부

삼십 센티미터 자에 내리는 빗소리

전봇대에서 듣다

한때는 널
매듭 없는 대나무라 믿었다
대금이나 피리처럼 안으로만 감춘 소리
너에게 기대 울던 날 울음들이 새나왔다

애초부터
세상 향해 떨기만 한 기억들
흔들리는 악보 위에 새 몇 마리 그려 넣고
허공을 움켜쥔 손만 골목 끝에 서있었다

고백컨대
술 마시고 네 발치에 토할 때면
댓잎 같은 비수가 내 몸에도 돋아나고
아무도 찌르지 못한 고함들만 날 향했다

아찔한
방뇨의 기억, 직립의 악기여
자살한 음악들이 축 늘어진 전깃줄
쓸쓸한 자해 자국엔 약속 같은 눈 내린다

삼십 센티미터 자에 내리는 빗소리

누군가 날 지켜본다
고요하고 투명한 방
울다 잠든 간밤에는
벽에 기대 꿈을 꾸며
이마에 소름처럼 돋는 빗소리를 들었다

기침처럼 널 보내고
밤새 비는 쏟아지고
빠져나간 머리카락
아침마다 쓸어 모은다
등뼈를 따라 내려오는 거미줄이 내 몸인 방

반어법처럼 웃는 밤엔
추억에도 피가 돌지만
돌아오리란 믿음도 조약돌로 말라가고
희망은 덧니 같은 것, 시리게 저리는 것

그날 나는 죽었다
철창 속에 너를 두고
빗방울은 식은땀처럼 더욱더 굵어진다
혼자서 울음이 되는 빗소리를 듣는다

모과

목숨 걸고 사랑했던
기억만 남아있다

목젖까지 닿은 울음
그으면 확 타오를

주황빛 알전구 속에
그윽한 향기 한 줌

꽃에 대한 단상斷想

1

고통은
상처를 살갗으로 밀어낸다
입 안 가득 고인 피
쉽사리 뱉을 수 없는
그대여, 눈시울마저 간지러운 사랑아

2

구름과 눈 맞추려
꽃받 든 나날들
날지 못한 마음 한 자락
꽃술 속에 오므려 담고
한 세상 열었다 닫는 저문 날의 쓸쓸함

3

검붉은 신음소리
다 가둔 꽃잎들이
청동기의 하늘을 시퍼렇게 펼칠 때면
내 안에 선사先史의 꿈을 눌러보는 지혈의 밤

4

태초에
한줄기 빛과 어둠이 있었고
태초에
나와 그대가 있었다 그리고
캄캄한 허공을 헛디딘 눈물들이 있었다

5

잎사귀도
바람에 묶여있던 흔적이 있다

여름내 매미울음 묶어 놓던 흔적이 있다
누구의 마음 한 자락 묶지 못한 나날들이여

6

싸늘한
추억은 피었다가 문득 진다
깊은 밤 그대가 나를 잊고 시들어갈 때
꿈속을 조용히 걷는 한 사람의 발자국 소리

7

너의 그 무엇이
아직도 널 기다리는가
목덜미에 떨어지는
빗방울이 섬뜩하다
온종일 나를 빼닮은 그림자만 끌고 다녔다

8

연기가
나고 있다
누군가가 군불 지폈나
솔가지 몸 툭툭 꺾고
타들어가는 시간들
저 별은 밤하늘이 뱉은 긴 한숨의 통로다

9

꽃 진 자리
떠난 너의
서러운 목덜미 같아
는개와
가랑비와
싸락눈만 나를 다녀갔다
반지 뺀 손가락처럼 하얗게 남은 그 자리

단풍

관자놀이 저려온다
저 불을 꺼야 하리
가으내 문풍지에 흔들리던 회한들
퍼렇게 멍든 자위가
이리도 붉어온다

아침마다 붉은 혀에
돋아나는 혓바늘
비로소 떨어지는 낡디낡은 문고리
너에게 달라붙었던
물엿 같은 가을이 간다

노을

그리움이 살고 있는 불 못 끈 방이다

산 너머로 사라져 저문 너를 만질 때, 내 마음 한
구석 아궁이처럼 그을어질 때, 타오르던 상처가 검
은 반점을 만들 때, 네가 보낸 편지를 내가 울며 찢
을 때, 하늘가에 구겨 넣어 불사르던 어느 날, 너무
나 환한 상처 웅크리고 바라볼 때, 술 취한 나무에
가는 목을 매달고픈 자살미수 시간들이 비겁하게
지나갈 때

내 눈은 촛농 흘러내리는 저물녘이 되었다

눈감은 사진

사진 속 나는 늘
눈감은 채 웃고 있다
고사상에 눈감은 돼지의 웃음처럼
전생에 놀다간 세상 흐릿하게 인화된다

새들이 찰칵찰칵
셔터 소리로 날아가던
너 떠난 그날에도 벽에 기대 눈감았다
세상의 빛들 앞에서 시력 잃은 눈물들

오래된 책장

침 묻은 문장이 침묵 속에 덮여있다
네 안에 접혀있는 페이지로 잠들던 나
엎드려 울던 시간이
눈물로 얼룩졌다

금지된 문장들은 어디로 가버렸나
수군대던 연애는 찢겨지고 버려졌나
책들을 다 수거해서
분서焚書하는 저녁놀

입가의 물집처럼 좀먹은 낱말들과
코피로 얼룩져 읽지 못한 행간들
너 떠난 빈자리에서
넘어지는 나를 본다

불면

이 한 밤
그 누가 깡소주를 까는가
물어뜯은 병뚜껑마다
깊은 파인 이빨자국
목뼈가 휘어진 숟가락만 쪼그려 앉은 밤

오래된 허기 속에
삐꺽이는 풍금소리
기억의 서랍을 열면
우르르 쏟아지는
빛나는 새벽별 하나 목덜미를 스쳐간다

눈곱

잊혀졌던 생각들이
말라붙어 가는가

그리움의 화석 하나
눈가에 굳어간다

이렇게
기다릴 것 없는 날
밤새 내린 싸락눈

섬

사람들은 뼈 속에

쓸쓸한 섬 하나씩 있다

소리 내어 울 수 없는 날

어둠 속에 웅크리면

뼈마디 나룻배로 삐걱이고

시린 바람 마중 나오는

소주잔

너의 입술
닿았던 자리
하얀 입김 서렸다

나는 늘 투명하고
공터처럼 비어 있다

한숨과
저녁바람만
내 안에서 놀다 갔다

입술 다문 사람들
슬픈 눈의 사람들

힘없이 날 끌어안고
눈물들을 흘리고 갔다

취한 눈
가물거리는 선술집
이빨 빠진 내가 있다

잎은 다 지고
— 김성호 시인에게

비 내려
살 오르는 저수지가 보이는
목포 결핵병원
313호실 창문 너머
가으내 객혈 쏟아내던 단풍잎은 다 지고

원고지 한 뭉치와
비 맞는 시집 한 권
붕어즙 한 봉지를
빨아먹는 시인의 눈빛
시인은 가난한 시인은 무얼 먹고 살아가나

아가미처럼
세상을 향해 빼꼼 열린 창문엔
추위에 어깨 웅크리는 빗소리 저 빗소리
시인은 이 땅의 시인은 무얼 먹고 살아가나

비 오는 밤

이런 밤
비는 언제 울음이 되는가
젖은 마음 끌고 다니던 한 시절이 있었네
어깨를 들썩이는 먹구름
울컥 쏟아 내리던

습기 찬 사랑이
유리창에 뿌옇고
바지 끝 적시던 사내들도 귀가하면
빈 길만 얼룩져 빛나는 밤
비는 혼자 울음이 되네

희망은 덧니처럼
통증을 견디는 것
목청에서 맴돌던 노래들이 쏟아져
파열의 울음이 되는 밤
노래는 언제 흐느낌인가

내 청춘이 떠나가네*

오늘도
하품 같은 하루가
지나갔다

온종일
내 곁을 다녀간 건
몇 방울 비

바람은
적막하다고
쓰러지듯 누웠다

주어를 잃은 문장처럼
어둠은 중얼거리고

우리가 부르던 노랜
생각나지 않았다

세상은 덧칠한 유화처럼
무겁게 말라갔다

비릿한 항구의
골목만 홀로 걷던

내 청춘은 떠나간다
뱃고동 소리도 없이

어느 날
꽃핀 백목련
아무도 몰래 저버리듯

* 내 청춘이 떠나가네 [Ma jeunesse fout l'camp] : 프랑소아
즈 아르디의 샹송 제목.

4부

등대의 시력

애기좀잠자리*

그 날도 어머니는 피걸레를 짜셨을까
날 떼려고 한 통이나 간장을 마신 어머니가
굴렀던 툇마루 아래 핏빛 잠자리 한 마리

나도 저리 작은 목숨 움켜쥐고 있었다
시퍼런 유리창에 스티로폼 문대는 소리
어머니 깊은 곳으로 움츠리고 들어갔다

아랫입술 깨물던 어머니의 이빨 사이
비릿한 신음소리로 애기 하나 태어났다
가늘고 긴 저울 바늘을 부르르 떨었다

그렇게 어깨 떨며 울던 날이 있었다
내 안의 슬픔이 세상보다 무섭던 날
문고리 걸어 잠그는 피 묻은 손 있었다

잠자리가 날아갈 때 하늘이 깨진다
깨진 틈에 바깥세상 바람소리 들릴 때
전생前生에 주파수를 맞추듯 파르르 날개 떤다

* 애기좀잠자리 : 온몸이 붉어서 고추잠자리와 비슷한, 아주
작은 잠자리.

벽

벽은 장대비로 제 몸을 내리꽂아
수직의 튼튼한 담벼락을 세운다
무엇을 걸으려 했나 못 주변이 금간 벽

어머니와 토방에 앉아 실타래를 감을 때
벽도 풀리다가 감기는 소릴 들었다
술 취한 아버지 몸도 대문에선 벽이었다

뒹굴던 벽돌 같은 아버지의 젊은 날
깨지고 금간 상처 만지고 다듬은 벽
틈새엔 시멘트 얼룩이 들어박혀 있었다

유리창은 벽들이 가슴 후벼 판 외로움
뿌리박은 서글픔에 가슴마다 창을 낸다
아버지, 단단한 벽이 연실처럼 감긴다

귀면와*

아버지 당신을
족보에서 찾는다
이름의 안쪽에는 서리 내려 추운 겨울
바람의 허기 속에서
시린 뼈가 우는 소리

예감은 언제나
목덜미로 다가오고
핏기 가신 초승달이 문고리에 걸린다
이제는 아버지 몸으로
갈아입을 시간이다

음산한 자귀나무,
전생의 신발 신고
문상 가는 밤바람, 헛것 같은 아버지
몸에서 벗어난 그림자
어디에서 떠도는가

눈과 비를 다 맞고 온
아버지의 시간들
거친 수염 아버지가 병풍 뒤에 숨어 운다
내 몸의 외로운 부위를
만질 때 나는 소리

* 귀면와(鬼面瓦) : 도깨비 얼굴을 새겨 장식한 기와로 흔히
도깨비기와라고도 한다. 옛사람들은 집 안에서 나쁜 귀신을
쫓는 것은 영악한 귀신이라야 한다고 생각하여 무서운 표정
의 귀면와를 사래 끝에 만들어 달았다.

쥐의 눈은 캄캄하다

우리 집 구멍마다
아버지가 있었다
머뭇머뭇 어둔 골목, 빚 문서로 접혀서
머리도 내밀지 못한 망설임이 있었다

한때는 아버지도
서까래를 갉았지만
쥐덫 같은 세상에서 웅크림이 더 많았고
뜨겁게 울고 싶은 마음만 눈알 속에 잠겨갔다

찍소리 못하고
사직서를 내고 난 후
아버지는 조용히 엎드려야 할 때와
잽싸게 방에 들어갈 때를 익혀갔나 보다

목숨 걸고 도로를
횡단하지 않았다
이젠 벽을 위태롭게 기어오르지 않았다

캄캄한 눈알만 남아 팥죽 알로 식어갔다

어느 날, 소주에 취해
들썩이던 작은 어깨
검게만 타들어가던 웅크린 그림자 하나
어두워 흐려진 글씨처럼 읽지 못한 아버지

등대의 시력

등대는
먼 수평선을 호두알처럼 만지면서
뒤척이던 파도의 폐활량을 떠올려본다
물살의 그윽한 풍금 소리, 하루 종일 듣고 있다

원시遠視의 아침이면
고개 젖혀 신문 보거나
저린 무릎 펴고 일어서
먼 곳을 바라본다
간밤에 겹겹이 쌓였던 폐지 같은 어둠을 본다

침침해진 눈을 하고
더 먼 곳을 바라보는
그가 분 휘파람은 수평선을 다 건넜을까
가끔씩 충혈된 눈으로 자기 속을 들여다본다

멀리서 깜빡이는 건
누군가가 외롭다는 것

추운 밤에 외로운 입김은 멀리까지 퍼져간다

원시遠視는

늙어가는 등대의 오래된 시력이다

나이아가라 폭포

해마다 벼랑 끝이
무너지고 있다는

언젠가 나도 한번
가 닿을 그 폭포

노인이
"나이야, 가라!"고
외치고 간 것 같은

겨울 산에 서다

잔돌도 뒤척이며 바람 안는 겨울 산
산등성이 절가에선 고양이도 부처인가
졸음에 반만 뜬 두 눈, 양지쪽에 좌선한다

눈송이 송이송이 염주알로 쏟아져
동자승이 빗질하다 합장하는 산문 지나
큰스님 냉수 한 사발로 내려지는 죽비 소리

삼천 배로 엎드린 능선과 계곡 사이
눈 덮인 나무들 저린 발로 일어서면
더 깊은 산사 쪽으로 발길 옮기는 겨울 숲

낙숫물 소리에도 잠을 깨어 걷던 나는
겨울 산 어느 어귀 고단한 나 풀어볼까
고드름 처마 끝에서 동아줄로 내려온다

엑스트라

주인공의 칼은 항상
나보다 빨랐다
내 임무는 그의 뒤에서
부르르 쓰러지는 것
발길에 다시 넘어져 일어나지 못하는 것

언제나 나보다
한 발치 빠른 삶들은
나무 뒤에서 땅속에서
자객처럼 나타나서
한번에 날 쓰러뜨리고 유유히 사라졌다

서울 이 도시엔 늘
대사 없는 눈 내린다
죽었는데 다시 살아
술 마시고 귀가하는
노을은 풍경 뒤의 풍경으로 깔려지고 있었다

소화기 消火器

나는 항상 구석진 곳 꼽추처럼 웅크렸다
한 번도 안전핀이 뽑힌 적 없는 나는
몸 밖에 나를 밀어내 쏟아지지 못했다

내 몸 속에 소리의 사원, 지중해의 종소리가 있
다, 종치기 콰지모도여 소리를 꺼내다오 노틀담 사
원 꼭대기에 매달려 울고 싶다 집시 여인 에스메랄
다, 네 입술이 불탄다면 가루가루 꽃향기로 쏟아져
사랑을 덮쳐 버릴 텐데. 내 오랜 망설임을 당겨다
오 그대 귓가로 새떼 나는 새벽 다섯 시, 미명의 어
둠에서 나는 죽어도 좋을 텐데

너에게 사랑한다 말하려다 그만두었다
이제 나는 내 몸속 소리들을 닫았다
내 몸이 나를 가둬온 감옥임을 알았다

요강

어릴 적 내 우주엔 지린내가 풍겼다
일렁이던 은하수가
자리끼로 얼던 밤

꽃그림 그려진 사기
오줌꽃도 피었다

겨울바람 문풍지를 아귀처럼 물어뜯고
뒷간은 멀고멀어
이불만 적시던 꿈

할머닌 찰랑이던 우주를
아침마다 비웠다

다도해

누나는 터진 손으로 공기놀이를 했었지

손등과 손아귀에서 엄지와 중지에서 훌쩍훌쩍
노는 돌들, 징검다리로 앉았다가 처마 밑 메주로
서낭당 돌로 앉았다가 소쿠리 식은 밥알 굳어갈 때
까지 빈집 개가 서성이다 까묵 잠들 때까지 누이
곁에 쪼그려앉아 공기들을 보았다. 까치놀 뜨는 저
녁, 엎어지고 널브러진 돌멩이들 돌아보며 밥 묵으
러 가고 누나도 가고 나도 가고 모두 다 밥 묵으러
가고 썰물도 큰 바다로 떠나간 섬마을, 잉걸불에
검붉게 그을어진 아궁이, 남겨진 돌멩이들 다도해
가 되었다

바다로 떠나지 못한 다도해가 되었다.

할머니 생각

할머니가
관세음보살 되새기던 아침이면
염주처럼 빛나던 하루해가 떠올랐다
굽어진 허리 두드리며 앉아있던 그 모습

옥상에서 낙상한 후
곡기를 끊으셨다
우기雨期 같은 긴 배설에 미음도 마다하고
낙타도 없는 사막을 물도 없이 통과했다

가시고 안 계신 방
청소할 때 눈물 난다
장판 밑을 들춰볼 때 너덜너덜한 천 원짜리
맛난 것 사먹으라던 웃음소리 들려온다

이장移葬한 날
자식들은 소주를 들이켰다
키 작은 할머니가 안 잊힌다 했던 것은
날마다 마른걸레로 닦던 아버지의 문패였다

닭발

할아버지는 임종할 때
내 손을 꼭 쥐었다
글썽이는 눈망울로
아가야, 너는 꼭…….
끝까지 움켜쥐고서 놓지 않던 주름진 손

그날 이후 난 뭔가를
움켜쥐려고 살아왔다
모이를 콕콕 찍어
닭똥집에 채웠고
장대 위 목청 돋우려고 높은 곳을 바라봤다

툭툭, 손가락 마디
자르는 소리 들린다
산다는 게 계란 쥐듯
움켜쥐면 안 된다는 걸
너무도 오랜 시간이 걸린 후에야 알았다

의자

신문지를 접어 받친다
한 발이 짧아진 의자
산다는 건 비틀대는
너의 아픔 받쳐주는 것
내 몸을 몇 번이나 접어 네 발목을 감싸는 것

절룩이는 네 발등에
몸 낮추고 얼굴 대고
절룩이는 너의 길을
고개 숙여 바라본다
기울어 휘청거리는 5월의 그대여

쌍봉낙타

낙타는
모래바람에 날아간 꿈들을
눈빛으로 끌어 모아 혹 속에 밀어 넣는다
두 혹은 낙타의 꿈들이 파묻힌 무덤이다

등에 진 짐들은
오히려 가벼운 것
발굽 아래 흩어지는 모래알을 셀 때마다
낙타가 걷는 사막엔 모든 길이 등 돌린다

발자국의 경전經典은
읽는 순간 사라지고
소소초*를 씹는 저녁, 입 안에 피가 돌면
모래를 뒤집어쓴 저녁이 신기루로 일어선다

바람은 시리고 차게
사막을 횡단한다
눈썹에 앉은 모래, 헛무덤을 등에 지고

나보다 늦게 온 죽음을 기다리는 쌍봉낙타

* 소소초(蘇蘇草) : 검불처럼 물기가 없는 가시투성이의 덤
불식물. 잎은 거의 없고 가시가 돋은 가지들이 어우러져 있
다. 낙타는 이 풀을 먹으면서 입 안이 온통 피투성이가 된다.

시와 시조 사이, 웃음과 눈물 사이

이승하(시인 · 중앙대 교수)

　서양에서 시의 시작은 서정시가 아니었다. 서사시
와 극시에서부터 시작되었다. 호머의 「일리아스」와
「오디세이아」는 긴 서사시요 극적인 영웅담이었다.
소포클레스의 「오이디푸스」와 「안티고네」는 오늘날
의 희곡과 비슷한 극시였다. 또한 비극이었다. 중세에
가서야 음유시인들이 나타나 시에 곡을 만들어 붙여
시장에서 연회석상에서 부르며 돌아다녔다. 동양에서
는 시의 근원에 민요가 있었다. 동양에서 제일 오래된
시가집 『시경』은 공자가 제자들을 동원해 채집한 민
요가 근간이 되었다. 다시 말해 동양에서는 시가 태생
적으로 노래였다. 동양에서는 이들을 가인이라고 불렀
다. 노래하는 사람, 곧 시인이면서 가수였다.

우리나라의 경우 고대가요 「황조가」 「공무도하가」 「구지가」는 모두 노래(歌)였다. 통일신라시대의 향가는 이 땅에서 우리 식으로 부르는 노래라는 뜻이었다. 고려가요, 시조, 악장, 가사(歌辭), 판소리, 민요, 무가… 운문의 형식을 띠고 있는 것이라면 모두 음악성을 지니고 있었다. 시는 오랫동안 노랫말이었다. 시조는 시조창이라 하여 노래하듯이 불렀다.

최남선의 「해에게서 소년에게」 이후 전개되는 자유시의 역사는 어찌 보면 음악성의 상실의 역사라고 볼 수 있다. 소리 내어 읽고 음미하던 시에서 눈으로 보고 장면을 떠올리는 시로의 전환이 바로 근대시에서 현대시로의 전환이라고 봐도 크게 틀린 것이 아니리라. 운문이 점차 산문화되는 과정에서 수반되는 것이 장형화이다. 시가 어마어마하게 길어져 시집의 두세 쪽 혹은 서너 쪽을 차지하는 것은 다반사가 되었다. 황병승의 『여장남자 시코쿠』에 10쪽에 달하는 시가, 장석원의 『태양의 연대기』에는 40쪽에 달하는 시가, 김경주의 『기담』에는 15쪽에 달하는 시가 나온다. 길기도 길지만 난해하기가 한정 없어 시를 읽는 행위가 이루 말할 수 없이 힘들고 끝까지 읽기가 부담스럽다.

불행 중 다행은 신춘문예 시조 당선자들이 '21세기 시조동인'을 결성해 활발히 활동하고 있고, 짧은 시를 표방하며 시를 쓰고 있는 이들이 '작은詩앗 채송화' 동

인을 결성해 8권의 동인지를 내며 영향력을 확대해 나
가고 있다는 사실이다. 2009년 서울신문 신춘문예에 시
조부문 당선으로 등단한 박성민은 '21세기시조동인'의
멤버로서 활발하게 작품세계를 펼쳐가고 있다. 일단
그의 등단작을 보기로 하자.

> 때늦은 여름밤에 그대 마음 읽는다
> 지금도 하늘에선 칼 씌워 잠그는 소리
> 보름달 사약 사발로 떠 먹구름을 삼켰다
>
> 어탁魚拓처럼 비릿한 실록의 밤마다
> 먹물로 번져가는 모반의 꿈 잠재우면
> 뒷산의 멧새 소리만 여러 날을 울고 갔다
>
> ―「허균」전문

　조선조의 사회모순을 고발한 소설 『홍길동전』을 쓴
허균은 여러 번 과거에 급제하였고 천추사(사신)가 되
어 명나라에 다녀온 뒤 벼슬이 좌참찬까지 이르렀다.
나이 쉰이 되었을 때 왕의 조카사위인 의창군을 왕으
로 추대한다는 역모 혐의를 받아 동료들과 함께 저자
거리에서 능지처참을 당하였다. 박성민은 불우하게 생
을 마감한 허균이라는 인물의 초상을 한 편의 시조로
그려 보았다. 허균은 참형을 당했으므로 '사약 사발'이
라는 시어는 적당치 않지만 시대를 잘못 만나 형장의

이슬로 사라진 허균에 대한 동정심에서 출발하여 애도의 마음을 듬뿍 담아 한 편의 시조를 완성하였다. 시조여서 그런 것이지만 한 자 더 넣을 것도 뺄 것도 없는 완벽한 짜임새를 보여주고 있다. 심사를 한 이근배와 한분순은 "이야기 서술로 흐르지 않고 내적으로 승화시켜 역량을 발휘하였고, 빼어난 이미지 형상화까지 더해져 시조의 품격과 날카로운 감수성을 함께 갖춘 절창"이라며 칭찬을 아끼지 않았다. 새로움은 덜하지만 단단한 내공을 높이 사 당선작으로 뽑은 것 같다.

박성민은 당선 이후 누구보다 활발하게 작품 활동을 전개하고 있다. 자, 이제부터 10편 정도의 대표작을 뽑아 읽어보면서 그의 시에 대한 이해도를 높여 나가도록 하자.

> 절름발이 여자가
> 벙어리 사내에게
> 눈빛으로 손가락으로 말들을 꿰매고 있다
> 아파트 모서리에 놓인 초원 구두 수선점
>
> 사내는 구두를 받자
> 닳은 뒷굽을 떼어낸다
> 초원 끝에서 들려오는 말갈족의 말굽소리
> 사내는 구름 속에 들어가 지평선을 깁고 있다
>
> ―「구두의 내부」 제 1, 2연

구두 수선공 부부의 모습을 연상할 수 있다. 남편은
벙어리이고 아내는 절름발이다. 시인의 상상력은 의좋
은 부부의 일터에서 초원의 끝에서 들려오는 (구두 수
선점의 이름이 '초원'인 모양이다) 말갈족의 말굽소리
로 뻗어간다. 눈빛과 수화로 대화를 나누는 장면이 눈
물겹도록 아름답다.

> 벙어리의 저린 가슴을
> 헤집고 나온 말의 뿌리
> 한 번도 사랑한단 말, 못 해주고 살아온
> 사내의 착한 눈망울은 디딜 곳 없는 허공이다
>
> 못처럼 박혀드는 널
> 남겨두곤 죽을 수 없다
> 마른 입술 축이는 사내의 눈이 들어가는
> 구두의 닳아진 내부는 저녁처럼 어두워진다
>
> 한 평 반의 수선점은
> 낡고도 비좁은데
> 어둠이 막 깔리기 시작하는 저녁하늘에
> 사내는 성긴 별들을 총총히 박아 놓는다
> ─「구두의 내부」 제 3~5연

　　구두의 닳은 내부는 저녁처럼 어둡다. 사내는 어두
워져가는 저녁하늘에 성긴 별들을 총총히 박아놓는다.

구두의 내부는 생활이요 성긴 별은 희망이다. 이들의 삶이야 고달프기 짝이 없지만 서로 사랑하고 내일에 대한 희망이 있으니 밤이 와도 완전한 어둠에 휩싸이지는 않는다. 구두에 박는 못을 "저녁하늘에/ 사내는 성긴 별들을 총총히 박아 놓는다"로 표현한 결구는 이 시의 미학을 극적으로 완성시킨다.

이 작품은 시조인가 시인가. 음수 3/5/4/3을 아직도 시조 종장의 기본형으로 생각하는 사람이라면, 이 작품은 각개 연의 종장이 3/6/4/3, 3/7/4/4, 3/6/5/4, 3/6/4/5, 3/5/3/5이므로 시조가 아니라고 할 것이다. 하지만 음보로 보면 어느 정도 규칙을 지키고 있으므로 시조로 볼 수 있다. 특히 각개 연의 진행 과정이 균등하므로 자유시를 쓰는 시인들은 대다수 이 작품을 시조로 볼 것이다. 이 작품이 잘 보여주고 있듯이 박성민은 시조와 시의 중간지점에 서 있다. 시조 같은 시, 시 같은 시조를 쓰고 있다고 할까. 음수와 음보에 대한 규칙을 완고하게 적용하려고 드는 시조시인들에 대해 박성민은 현대시조의 유연함에 대해 말해주고 싶은 것이 아닐까. 「구두의 내부」와 형식이 얼추 비슷한 「천장」을 보자.

산 중턱에 나를 놓고 피리 부는 라마승들
칼금 지난 세상엔 지평선이 생겨나고

노을의 핏물이 뚝뚝

배어나는 저녁이다

한 번도 보지 못했던 내 등뼈가 보인다

너를 오래 바라보던 눈알들이 쏟아질 때

가렵다 눈을 비비던

습관이 아직 남았나

허공을 쥔 바람들이 인골피리 소릴 낸다

여기저기 달라붙고 흩뿌려진 내 몸을

까마귀 독수리들아

하나도 놓치지 마라

나는 썩지 않는다 사라지지 않는다

흩날리는 연기가 저녁밥을 짓는다

바람이 읽는 불경에

향냄새가 배어난다

            —「천장」 전문

　「구두의 내부」는 제1, 2행이 시조의 초장, 제3행이
중장, 제4행이 종장인 셈이었지만 「천장」은 제1행이
초장, 제2행이 중장, 제3, 4행이 종장인 셈이다. 음수
를 헤아려보면 「천장」이 시조에 더 가깝다. 그런데 중
요한 것은 이런 형식적인 면이 아니라 내용이다. 박성
민은 시조라는 형식 안에서 뱀처럼 똬리를 틀지 않고
까마귀와 독수리가 날아다니는 먼 허공으로 자유롭게

비상한다. 몸은 비록 죽어 까마귀와 독수리의 밥이 되
겠지만 "나는 썩지 않는다 사라지지 않는다"와 같이
마음은 불로장생을 꿈꾼다. 화자를 죽은 사람으로 설
정한 것은 좋은 생각이었다. 시조의 형식을 깨뜨리지
않으면서도 자유로운 시적 비상을 꿈꾼 훌륭한 작품으
로 간주하고 싶다.

　　노숙의
　　밤은 차다
　　동상 걸린 동상 하나
　　나라 걱정 너무 했나, 트레인에 실려 가서
　　갑옷도 벗기지 않고 링거바늘 꽂는다

　　장군, 장군,
　　급한 소리
　　고개 돌려 바라보니
　　병실 안에 노인 둘이 장기를 두고 있어
　　한산도 담배 심부름 시킬 사람 한 명 없다

　　화포 같은 전등불이
　　터질까 두려워서
　　난중일기 필체처럼 꼿꼿하게 잠 못 들고
　　한강에 쪼그려 앉아 거북선을 방생한다
　　　　　　　　　　　　　　　—「이순신 입원하다」 전문

제1연은 5행, 제2연도 5행, 제3연은 4행으로 되어 있다. 자세히 들여다보지 않아도 시조임이 드러난다. 거듭 말하는 것이지만 이 작품이 시조에 가깝다 안 가깝다가 아니라 내용의 신선함에 대해 논하고 싶다. 광화문에 서 있던 이순신 동상이 보수작업을 위해 이천으로 옮겨졌다가 온 적이 있었다. 시인은 그 사실을 언론에서 접하고 희한한 상상을 한다. 이순신이 광화문의 노숙자이고 "동상 걸린 동상"이라는 상상. "트레인에 실려 가서/ 갑옷도 벗기지 않고 링거바늘 꽂는다". 실려 간 병실 안에 있는 두 노인이 장기를 두고 있어 한산도 담배를 시킬 사람이 없다는 것도 기막힌 상상이다. 제3연에 이르면 마침내 환한 미소를 짓게 된다. 화포, 난중일기, 거북선이라는 시어가 환기하는 것은 이순신이지만 시인은 사실 대한민국의 현실, 인간세상의 일에 대해 말하고 있다. 「왕새우 소금구이」와 「신춘 심사평」, 「지구본이 기울어진 이유」 등은 시인의 유머감각이 보통 수준이 아님을 말해준다. 이 세 시는 단시조로 보기 어렵다. 시조라고 한다면 완전히 변형된 시조, 시조의 범주를 넘어선 작품으로 봐야 하지 않을까. 아니면 사설시조로 보거나.

다음의 네 사람이 최종심에 올랐다

노숙자의 현실성은 벼랑 끝이 만져지나 바닥에 누운 서정이 딱딱한 게 흠이었고, 강바람의 운율은 풋풋하고 시원한데 피가 도는 바람의 내력을 그려내지 못했다 민들레의 시상은 허공에 뿌리를 두나 유목의 족보들을 들춰내지 못했다 구제역의 발굽 닳은 시간들은 감동이었다 눈물 그렁한 큰 눈을 보며 심사자는 망설였다 비명이 허공을 받들 때 남는 건 한숨인데, 구제역의 서정성이 외양간을 넘길 바라며…….

올해는 당선작 없음, 심사위원 나들이

—「신춘 심사평」 전문

많은 시인 지망생들이 신춘문예를 통해 등단하기를 열망한다. 그런데 희한하게도 신춘문예 당선작들을 보면 그해마다의 경향이 있다. 시대적 이슈를 잘 포착해서 당선되는 경우가 있는 모양인데 그것을 포착하지 못해 고배를 마신 적이 있는지 박성민은 이런 재미있는 시를 썼다. 해설자의 생각으로는 어느 해는 실험성이 강한 시들이, 어느 해는 전통성이 강한 시들이 당선이 된다. 또 어느 해는 상상력이 뛰어난 시들이, 또 어느 해는 구체성이 돋보이는 시들이 당선이 된다. 노숙자를 다룬 시는 현실성이 있긴 하나 이미 낡은 것이고 구제역을 다룬 시는 감동적이지만 서정성을 담보해내지 못해 당선작 없음으로 나온 것인가. 소재와 주제, 제목과 표현이 다 재미있다. 특히 "심사위원 나들이"

라는 화룡점정이 그렇다.

　이 작품은 조선조 말기에 서민 계층에서 많이 쓴 사설시조의 가락을 지닌 현대의 사설시조라고 할 수 있겠다. 이 작품은 중장이 늘어난 형태로 제1, 3연은 평시조의 형식적인 틀을 정확히 지키고 있다. 시조시단에서 박성민의 이런 작품을 시조로 보는지 자유시로 보는지 궁금하다. 사설시조를 방불케 하는 작품으로는 이것 외에도 「노을」, 「소화기」, 「다도해」 등이 있다. 어떻게 보면 반시조半時調 같고 어떻게 보면 반시조反時調 같다. 아무튼 시조의 현대화를 위해 앞장서고 있는 시인이 바로 박성민이다.

　시조는 많은 경우 자연친화적인데 현실에 대한 비판의식 혹은 풍자정신이 돋보이는 것도 박성민의 작품이 지닌 특장점이라 할 수 있겠다. 「알타이 신화」, 「사도세자에게」와 같이 역사의식에 입각해서 쓴 작품도 있는데, 우리 사회가 처한 현실에 대해 비판의식을 갖고 쓴 작품으로 「성형시대」, 「깡통은 유통기한보다 먼저 죽을 수 없다」, 「미래일보」, 「동물의 왕국」, 「엑스트라」 등을 꼽을 수 있다. 굴곡 많았던 이 땅의 정치적 상황에 대한 풍자정신을 보여준 작품으로는 「외로운 날의 창세기」, 「마늘」, 「이소룡처럼 울다」, 「금남로에서 묻다」 등이 있다.

태초에 내가 있어/ 슬픔을 창조하니라// 박통은 전통을
낳고/ 전통은 노동을 낳고/ 대낮은/ 저녁에게 말하라/ 어두
워지라 더욱더

— 「외로운 날의 창세기」 부분

깔수록 가슴 알알이 깨지는 속병이여

독한 것, 눈물의 씨앗까지도 독한 것

깔수록 자꾸 눈물 나는 미안한 80년대여

— 「마늘」 후반부

(상략)

안부도 묻기 전에 트럭에 가득 실려 금남로에 깃털 떨구
고 사라져간 친구들, 한때는 목청 높여 퍼덕이던 닭들도 이제
는 횃대에 앉아 벼슬을 으스대지.

— 「이소룡처럼 울다」 부분

이런 작품에서는 미경험 세대의 1980년 광주에 대
한 인식을 엿볼 수 있다. '그때 그 일'이 과거사의 한
페이지로서 접혀 있는 것이 아니라 지금도 그 그림자
가 우리 사회 곳곳에 드리워져 있음을 시인은 일깨워
주고 있다. 군인이 국가의 수반이 되어 독재정치를 한
것은 1961년부터 1992년까지 장장 31년간이었다. 시
인은 자신이 누리고 있는 자유가 1980년대에 흘린 수
많은 사람들의 피의 보상임을 잘 알고 있다. 그리고 한
때는 민주화의 희생양이 되겠다고 목청을 높였던 사람

들 중 일부가 지금은 권력을 쥐고 사람들 위에 군림하고 있는 현실을 개탄하기도 한다. 이런 유의 작품, 즉 확실한 주제의식을 지닌 작품은 시조시단에서 자주 볼 수 있는 것이 아니다.

박성민 시집에서 가장 자주 만나는 시어가 '울음'이나 '울다', 혹은 '눈물'이라고 생각한다. 웃음에 대해서는 특유의 유머감각을 보여준 몇 편을 보았으니 더 이상의 논의하지 말고, 지금부터는 울음과 눈물의 의미를 짚어보고자 한다.

사진 속 나는 늘
눈감은 채 웃고 있다
고사상에 눈감은 돼지의 웃음처럼
전생에 놀다간 세상 흐릿하게 인화된다

새들이 찰칵찰칵
셔터 소리로 날아가던
너 떠난 그날에도 벽에 기대 눈감았다
세상의 빛들 앞에서 시력 잃은 눈물들

— 「눈감은 사진」 전문

시적 화자는 사진 속에서 늘 눈감은 채 웃고 있다고 한다. 하지만 그 웃음은 "고사상에 눈감은 돼지의 웃음처럼" 실제로는 웃는 것이 아니다. 오히려 너 떠난 그날에도 나는 벽에 기대 눈을 감았고, "세상의 빛들 앞에서 시력 잃은 눈물"을 흘렸을 뿐이다. 웃음으로 짐짓 슬픔을 감추려고 해보았지만 흘러내리는 눈물을 어떻게 할 수가 없다. 이 시를 읽고 혹자는 민주화 과정에서 죽어간 사람들을 떠올려볼 수도 있을 것이고 혹자는 시인의 이별 이야기를 궁금하게 생각해볼 수도 있을 것이다. 아무튼 화자는 이별이든 사별이든 너를 떠나보냈다. 화자의 슬픔은 대개의 경우 울음과 눈물을 동반한다.

> 목숨 걸고 사랑했던
> 기억만 남아 있다
>
> 목젖까지 닿은 울음
> 그으면 확 타오를
>
> 주황빛 알전구 속에
> 그윽한 향기 한 줌
>
> ─「모과」 전문

시인은 모과를 보고 사랑했던 여성과 함께했던 그 어떤 날들을 떠올렸던 것이리라. 그런데 기억은 "목젖까지 닿은 울음"을 유발하고, 결국 "그으면 확 타오를 // 주황빛 알전구 속에/ 그윽한 향기 한 줌"으로 이어진다. 모과는 기억에서 울음으로, 울음에서 향기로 이어질 때 매개체 역할을 한다. 왜 모과를 보고서 "목젖까지 닿은 울음"이라는 표현을 얻게 되었는지, 시인에게 물어보고 싶다. 비 오는 밤이면… 시적 화자는 울음을 참지 못한다.

이런 밤
비는 언제 울음이 되는가
젖은 마음 끌고 다니던 한 시절이 있었네
어깨를 들썩이는 먹구름
울컥 쏟아 내리던.

습기 찬 사랑이
유리창에 뿌옇고
바지 끝 적시던 사내들도 귀가하면
빈 길만 얼룩져 빛나는 밤
비는 혼자 울음이 되네

희망은 덧니처럼
통증을 견디는 것
목청에서 맴돌던 노래들이 쏟아져
파열의 울음이 되는 밤
노래는 언제 흐느낌인가
― 「비 오는 밤」 전문

비 오는 밤이면 대개들 센티멘털리즘에 사로잡히게

마련인데 시인도 예외가 아니다. 빗소리를 흥겨운 소
리로 듣지 않고 소리 내어 울면서 내리는 것으로 간주
하고 있다. 사람들 다 귀가한 밤길에 비는 혼자 소리를
내며 울고 있다. 목청을 맴돌던 화자의 노래는 끝내 흐
느낌으로 변한다. 시집에는 이처럼 울음 이미지가 참
으로 많이 나온다. 사람들은 힘없이 소주잔인 나를 끌
어안고 눈물을 흘리고 간다(「소주잔」). 어떤 날은 글
을 쓰는 시간에도 눈물을 흘린다.

내가 사는 감옥은
한 평 반의 독실

벽에는 살다간 이들
눈물이 얼룩진 방

쓰러져 뒹구는 소주병과
고개 꺾인 담배꽁초

옆방에도 윗방에도
그리고 아랫방에도

벽이 무너져라 우는
울음소리 들려왔다

노을과 저녁 바람만

소인 유효로 남은 창

— 「원고지」 전문

　원고지의 빈칸은 시인의 작업실 방이기도 하다. 그 작업실 방은 눈물이 얼룩진 방이다. 고시원 쪽방 같은 데서 글을 쓰고 있는 이들이 있는가. 이들은 벽이 무너져라 우는 것인데, 물론 그 울음은 내면의 울음이리라. 화자가 "울다 잠든 간밤에는/ 벽에 기대 꿈을 꾸며/ 이마에 소름처럼 돋는 빗소리를"(「삼십 센티미터 자에 내리는 빗소리」) 듣기도 한다. 오래된 책장 앞에서 화자는 한참 울기도 한다.

침 묻은 문장이 침묵 속에 덮여 있다
네 안에 접혀 있는 페이지로 잠들던 나
엎드려 울던 시간이
눈물로 얼룩졌다

금지된 문장들은 어디로 가버렸나
수군대던 연애는 찢겨지고 버려졌나
책들을 다 수거해서
분서焚書하는 저녁놀

입가의 물집처럼 좀먹은 낱말들과
코피로 얼룩져 읽지 못한 행간들
너 떠난 빈자리에서

넘어지는 나를 본다

—「오래된 책장」 전문

창작은 이렇게 산고를 동반한다. 아르튀르 랭보의 말마따나 상처 없는 영혼은 어디에도 없다. 소설을 보라. 해피엔딩보다 비극적인 결말이 월등 많지 않은가. 결혼으로 골인하는 행복한 연애보다 가슴 찢어지는 이별이 더 많은 것이 인생사이다. 결혼을 해도 태반이 이혼하는 세태이다. 화자는 "코피로 얼룩져 읽지 못한 행간들"을 보려다가 끝내는 너 떠난 빈자리에서 넘어지고 만다. 시 쓰기의 어려움이여. 세상사의 고달픔이여.

시인의 가족사도 종종 울음을 동반한다. "눈과 비를 다 맞고 온/ 아버지의 시간들/ 거친 수염의 아버지가 병풍 뒤에 숨어 운다"(「귀면와」). 할아버지는 임종할 때 화자의 손을 꼭 쥐고 글썽이는 눈망울로 바라보며 유언을 한다(「닭발」). 세상의 어느 어머니는 화자를 낳고 싶지 않아 한 통이 되는 간장을 마시지만 결국 생명체가 세상에 태어나자 어깨를 떨며 운다(「애기좀잠자리」). 화자는 할머니가 돌아가셔서 안 계신 방을 청소하며 눈물을 흘린다(「할머니 생각」). 그러니까 박성민은 사회참여의식을 지닌 강건한 의지의 시인이면서 한편으로는 이렇게 여린 감성의 시인이기도 하다.

시집의 대미를 장식하고 있는 것이 「쌍봉낙타」인데

해설자는 이 작품을 일종의 자화상으로 읽었다.

> 낙타는
> 모래바람에 날아간 꿈들을
> 눈빛으로 끌어 모아 혹 속에 밀어 넣는다
> 두 혹은 낙타의 꿈들이 파묻힌 무덤이다
>
> 등에 진 짐들은
> 오히려 가벼운 것
> 발굽 아래 흩어지는 모래알을 셀 때마다
> 낙타가 걷는 사막엔 모든 길이 등 돌린다
> ―「쌍봉낙타」 전반부

두 개의 혹은 시와 시조일 수도 있고 웃음과 눈물일
수도 있다. 이 두 개의 혹을 지닌 시인은 사막을 간다.
문제는 이놈의 사막에서는 모든 길이 등을 돌린다는
것. (시인들은 박성민을 시조시인이라고 하고 시조시인
들은 그를 시인이라고 할지도 모른다.) 아무튼 시의 길
을 걸어가자니 무진장 힘들고 한없이 막막하다.

> 발자국의 경전經典은
> 읽는 순간 사라지고
> 소소초를 씹는 저녁, 입 안에 피가 돌면
> 모래를 뒤집어쓴 저녁이 신기루로 일어선다
>
> 바람은 시리고 차게

사막을 횡단한다
눈썹에 앉은 모래, 헛무덤을 등에 지고
나보다 늦게 온 죽음을 기다리는 쌍봉낙타
— 「쌍봉낙타」 후반부

하지만 어쩌랴, 이미 이 길로 들어선 것을. 시인으로서의 역정과 고뇌는 제3연이 극명하게 보여준다. 입안에 피가 도는 아픔에도 불구하고 낙타는 아픔을 표현하지도 않고 또다시 길을 떠나야 한다. 사막의 밤은 춥다. 밤바람은 시리고 차게 사막을 횡단하는데 불쌍한 쌍봉낙타, '헛무덤'을 등에 지고 "나보다 늦게 온 죽음을 기다리"고 있다. 고통의 시간을 견뎌낸 존재이기에 죽음은 문제가 되지 않는다. 작품을 쓰면서, 작품 속에서 끊임없이 부활하는 존재가 시인이니까. 입 안이 온통 피투성이가 되면서도 소소초를 씹은 쌍봉낙타처럼 늘 길 떠나는 존재, 시인의 길을 걸어갈 박성민의 앞날을 안타까운 시선으로 오래오래 지켜보고 싶다. 시인은 운명적으로 소소초를 씹는 쌍봉낙타인 것을.

박성민

전남 목포 출생. 중앙대 대학원 문예창작학과 졸업. 2002년 전
남일보 신춘문예 시 당선. 2009년 서울신문 신춘문예 시조 당
선. 2011년 한국문화예술위원회 창작기금 수혜. 〈21세기시조〉
동인. naminam7@hanmail.net

| 한국대표정형시선 016 |

쌍봉낙타의 꿈

초판 1쇄 인쇄일 · 2011년 08월 01일
초판 1쇄 발행일 · 2011년 08월 16일

지은이 | 박성민
펴낸이 | 노정자
펴낸곳 | 도서출판 고요아침
편　집 | 김남규

출판 등록 2002년 8월 1일 제 1-3094호
120-814 서울시 서대문구 북가좌동 328-2 동화빌라 102호
전화 | 302-3194~5
팩스 | 302-3198
E-mail | goyoachim@hanmail.net
홈페이지 | www.dabook.net

ISBN 978-89-6039-397-4(04810)

* 이 책은 한국문화예술위원회의 문예진흥기금으로 발간되었습니다.